MW00816950

EL SACERDOTE DE LOS

Ropajes Sucios

ESCRITO POR
R.C. SPROUL

ILUSTRADO POR
JUSTIN GERARD

El sacerdote de los ropajes sucios

Copyright © 2019 por R.C. Sproul

Todos los derechos reservados.
Derechos internacionales registrados.

B&H Publishing Group

Nashville, TN 37234

Publicado originalmente por Reformation Trust Publishing, una división de Ligonier Ministries con el título *The Priest with Dirty Clothes* © 1997, 2011 por R.C. Sproul e ilustraciones por Justin Gerard © 2011. Publicado anteriormente por Tommy Nelson™, una división de Thomas Nelson, Inc. © 1997.

Ligonier Ministries reconoce con gratitude el generoso apoyo de Planted Ministries (www.plantedministries.com) para hacer posible la publicación de este libro en español.

A menos que se indique otra cosa, las citas bíblicas se han tomado de LA BIBLIA DE LAS AMÉRICAS, © 1986, 1995, 1997 por The Lockman Foundation. Usadas con permiso.

ISBN: 978-1-5359-8432-4

Impreso en China

1 2 3 4 5 * 22 21 20 19

Para mis nietos
y mis bisnietos:
que aman al Rey
cuyo manto de justicia
los cubre.

- R.C. SPROUL

CARTA A LOS PADRES

El sacerdote de los ropajes sucios es un intento personal para ayudar a los niños a entender uno de los conceptos más difíciles del cristianismo: cómo somos aceptos delante de Dios a través de la justicia de Jesucristo. Tengo la esperanza de que cuando los niños empiecen a comprender la verdad de la justicia que viene a través de Cristo, al mismo tiempo crezcan en su entendimiento de la gloria de Dios.

Esta historia está basada en uno de mis pasajes favoritos de las Escrituras, Zacarías 3:1-5. En este pasaje, Josué, el sumo sacerdote de Israel, está frente al ángel del Señor vistiendo ropas sucias. El ángel del Señor le habla a Josué y le dice que ha sido limpiado de su pecado, y luego reemplaza las ropas sucias de Josué con vestiduras hermosas y limpias. Este pasaje ofrece una ilustración magnífica de cómo Cristo nos cubre bajo su «manto» de justicia para que podamos estar sin falta, o limpios, delante del trono de Dios.

Antes de leer esta historia a tus niños, por favor léeles el pasaje de Zacarías [ver la página 7]. Después de leer la historia, interactúa con tus hijos usando las preguntas en la sección «Para los padres» al final del libro. Mi oración es que Dios bendiga tus esfuerzos para mostrar a tus hijos el amor, la gracia y el perdón de Dios en nuestro Señor Jesucristo.

— R. C. Sproul

LA VISIÓN DEL SUMO SACERDOTE

Zacarías 3:1–5

Entonces me mostró al sumo sacerdote Josué, que estaba delante del ángel del Señor; y Satanás estaba a su derecha para acusarlo. Y el ángel del Señor dijo a Satanás: El Señor te reprenda, Satanás. Repréndate el Señor que ha escogido a Jerusalén. ¿No es éste un tizón arrebatado del fuego?

Y Josué estaba vestido de ropas sucias, en pie delante del ángel. Y éste habló, y dijo a los que estaban delante de él: Quitadle las ropas sucias.

Y a él le dijo: Mira, he quitado de ti tu iniquidad y te vestiré de ropas de gala. Después dijo: Que le pongan un turbante limpio en la cabeza. Y le pusieron un turbante limpio en la cabeza y le vistieron con ropas de gala; y el ángel del Señor estaba allí.

Carmen y Camilo Martínez vivían cerca de un hermoso lugar llamado Lago Sereno. Carmen tenía siete años y siempre estaba encontrando maneras de meterse en problemas junto con Camilo, su hermano menor.

Un día, después de que había llovido mucho, salieron al patio a jugar. «Hagamos pasteles de barro», dijo Carmen.

Los niños jugaban a que eran panaderos. Tomaron algo de lodo y lo enrollaron, aplanaron y luego lo moldearon para que parecieran pasteles y tortas. Mientras jugaban se iban limpiando las manos en sus ropas, esparciendo el lodo sobre ellos mismos. Se rieron y se divirtieron muchísimo mientras quedaban más y más embarrados.

Cuando su madre los vio, no se rio. «¡Miren como están! Parecen pasteles de barro», dijo quejándose. «Apúrense y sáquense esa ropa sucia, los voy a bañar a ambos».

Cuando los niños estaban limpios, su madre miró las ropas llenas de lodo. «Nunca seré capaz de limpiar estas ropas sucias», se dijo.

Justo en ese momento, alguien tocó la puerta. Era el abuelo de los niños. Mientras Carmen y Camilo corrían a abrazarlo, el abuelo dijo con una amplia sonrisa: «Parece como si alguien tiene una pastelería de barro en la entrada de la casa». Los niños rieron de buena gana.

«Parece que nuestros pequeños panaderos han arruinado sus ropas», dijo la mamá.

«Eso es muy malo ——dijo el abuelo——. Pero me ha hecho recordar una historia extraña y maravillosa».

«Oh, cuéntanos esa historia, por favor», le rogó Carmen, empujando a su abuelo hacia el sofá.

Tan pronto se sentaron, el abuelo empezó con la historia…

HACE MUCHOS AÑOS EN UNA TIERRA MUY LEJANA, las personas de una pequeña villa estaban abarrotadas dentro una gran iglesia. Era de noche. La iglesia estaba oscura, excepto por las velas que estaban encendidas dentro del lugar, creando sombras en sus inmensas paredes.

Un hombre joven llamado Jonatán estaba tirado en el piso con sus brazos extendidos, de tal manera que su cuerpo tenía la forma de una cruz. Un obispo oró por él. Era la noche más importante en la vida de Jonatán. Él estaba a punto de convertirse en sacerdote.

Al final de la ceremonia, el obispo le dio a Jonatán las ropas especiales que usaban los sacerdotes. Primero, le dio una túnica azul con una capucha blanca, y lo ayudó a ponérsela sobre su larga túnica marrón hecha de una lana áspera. Luego el obispo ató un cordón blanco alrededor de la cintura de Jonatán. Ahora Jonatán ya era todo un sacerdote.

La siguiente semana, Jonatán fue invitado al castillo del rey. Iba a predicar su primer sermón en la casa real. Jonatán trabajó muy duro preparando su sermón. Él quería que saliera lo mejor posible.

Cuando llegó el momento de ir al castillo, estaba lloviendo mucho. Jonatán no quería que sus ropas nuevas y especiales se mojaran, pero no había nada que pudiera hacer. Se puso la capucha de su túnica en la cabeza y se dirigió al castillo.

Mientras Jonatán y su caballo iban hacia el castillo, el camino lleno de barro se iba haciendo cada vez más resbaladizo. De repente, el caballo resbaló y trastabilló, y Jonatán se cayó.

Jonatán no se hizo daño, pero quedó embarrado de pies a cabeza. Había barro en su cara y en sus zapatos. Había barro en toda su túnica azul. El cordón blanco ya no era blanco. Jonatán estaba muy molesto.

Jonatán trató de limpiarse lo más que pudo. Pero no había manera de que pudiera limpiar todas sus ropas y llegar al castillo a tiempo. Le pasó por la mente la posibilidad de escapar. No quería predicar en frente del rey con esas ropas sucias. «El rey solo tiene que entender», pensó. Así que siguió su camino hasta que llegó al castillo.

Cuando llegó, Jonatán se apresuró a entrar al castillo. Buscó un lugar para limpiarse, pero las campanas de la torre empezaron a sonar. Había llegado la hora en que la casa real se reunía para oír el sermón de Jonatán. Él caminó muy despacio hacia el lugar donde tenía que pararse y abrió la Biblia.

Tan pronto como las personas vieron las ropas sucias de Jonatán empezaron a susurrar. El rey también estaba sorprendido de ver las ropas del sacerdote cubiertas de barro. Pero el rey era un gobernante amable y gentil, y pudo darse cuenta de que Jonatán estaba avergonzado de su apariencia. Él sabía que Jonatán debía tener una buena razón para presentarse en el palacio con esas ropas sucias.

En ese mismo instante, el mago de la corte, cuyo nombre era Malus, se levantó y gritó con fuerza: «¡Esperen! Este sacerdote no puede predicar delante del rey vestido con esas ropas sucias».

Malus era un hombre muy malvado. Odiaba a todos los sacerdotes. Aun odiaba a los sacerdotes que tenían ropas limpias. Debido a que era poderoso y malvado, el pueblo le temía. Tan pronto como Malus gritó esas palabras contra Jonatán, otros también empezaron a gritar cosas feas de Jonatán.

El rey sintió una gran pena por Jonatán. No le gustaba la forma en que Malus se estaba comportando. Él temía que Malus podría hacerle algún daño al sacerdote.

El rey se paró y le dijo al pueblo: «Cálmense, por favor. Dejen de hablar. Yo me encargaré de este problema». El pueblo se quedó en silencio. Aun Malus dejó de hablar.

Luego el rey le pidió a Jonatán que se acercara a él. Cuando Jonatán caminó hacia él, el rey le preguntó: «¿Por qué has venido con estas ropas sucias?».

Jonatán le explicó lo que había pasado. El rey asintió y dijo: «Te entiendo. Lamento que tuvieras ese accidente. Hoy no puedes predicar vestido con esas ropas sucias, pero te voy a dar otra oportunidad. Puedes venir la próxima semana y predicar… pero solo si vistes con ropas limpias».

«Muchas gracias, su majestad ——le dijo Jonatán——. Lamento mucho estar tan sucio. Le prometo que la próxima semana estaré limpio».

Jonatán dejó el castillo tan rápido como pudo. Cuando llegó a su casa, lo primero que hizo fue tratar de limpiar sus ropas. Pero las manchas estaban tan adheridas a la tela que no pudo sacarlas. Mientras más trataba de limpiar sus ropas, peor se veían. Estaban tan sucias que se veían como su túnica marrón que estaba vieja y áspera.

Al día siguiente, Jonatán llevó sus ropas especiales a la tintorería del pueblo. El tintorero era un hombre que limpiaba las ropas sucias del pueblo. Él tenía jabones especiales que podían sacar el barro de las ropas. El hombre miró las ropas de Jonatán y dijo: «Estas ropas están tan sucias que no estoy seguro de que podré limpiarlas. Pero haré lo mejor que pueda. Regresa mañana».

Cuando Jonatán volvió a la tintorería, el tintorero le dijo: «Temo que no puedo limpiar tus ropas. Están arruinadas para siempre. Lo único que puedes hacer es conseguir ropas nuevas».

«Pero no puedo conseguir ropas nuevas ——le dijo Jonatán——. Esas ropas me las dio el obispo. Él solo entrega un juego de ropas».

«Lamento escuchar eso ——le dijo el tintorero——, pero no hay nada más que pueda hacer. Debes ir a ver al obispo. Quizás pueda darte un conjunto nuevo de ropas para que puedas predicar delante del rey».

Jonatán no pensaba que el obispo le daría ropas nuevas. Pero tenía que preguntar. Así que se fue directo a la oficina del obispo.

El obispo escuchó pacientemente la historia de Jonatán. Luego le dijo: «Es muy triste lo que te ha pasado, Jonatán. Pero no hay nada que pueda hacer para ayudarte».

Jonatán estaba muy triste. «¿No hay nada que pueda hacer para conseguirme ropa limpia? ——preguntó——. Por favor, déjeme hacer algo especial para ganarme ropas nuevas».

La cara del obispo se puso más triste. «No Jonatán ——le dijo——. Las reglas son claras. No hay nada que puedas hacer por ti mismo para ganarte un conjunto nuevo de ropas. La única persona que puede ayudarte es el gran príncipe. Quizás puedas hablar con él».

El obispo le dio la dirección del palacio del gran príncipe.

Jonatán siguió con cuidado las indicaciones hasta que llegó al palacio donde vivía el gran príncipe. Le pidió permiso al guardia para ver al príncipe, y el guardia escoltó a Jonatán al gran salón donde el príncipe estaba sentado en su trono.

Cuando Jonatán vio al príncipe, se quedó maravillado. El príncipe estaba vestido con una gran túnica púrpura que tenía joyas preciosas. Tenía puesto un cinto de oro puro alrededor de su cintura. Su cara parecía brillar como el sol. Jonatán nunca había visto a nadie como él.

El príncipe miró a Jonatán con una mirada cariñosa. «¿Por qué estás aquí? ——le preguntó con una voz que sonaba suave y amable—— ¿Qué necesitas de mí?».

Jonatán le dijo: «Oh gran príncipe, soy un sacerdote nuevo. Voy a predicar un sermón a toda la casa del rey. Pero he arruinado mis ropas y no puedo pararme delante del rey si es que no tengo ropas limpias. Nadie ha sido capaz de limpiar mis ropas. ¿Habrá algo que usted pueda hacer para ayudarme?».

Jonatán le contó al príncipe cómo se ensuciaron sus ropas. El príncipe escuchó con mucha tranquilidad y luego le dijo a Jonatán: «Entiendo tu problema y voy a ayudarte».

«¿Me dará ropas limpias?» preguntó Jonatán.

«Pronto lo verás, Jonatán ——le contestó el príncipe——. Pero primero, ven conmigo a la chimenea».

Jonatán siguió al príncipe hasta la esquina del salón, en donde había un pequeño fuego encendido en la chimenea. El príncipe le señaló una pequeña rama a un costado del fuego. La rama estaba parcialmente quemada, pero ya no estaba caliente. El príncipe le dijo a Jonatán que levantara esa rama.

Jonatán se agachó y levantó la rama. La sostuvo y la miró con detenimiento. Estaba negra y calcinada. Cuando el príncipe le dijo a Jonatán que la bajara de nuevo, Jonatán la puso al lado del fuego.

Luego el príncipe le dijo: «Ahora mira tu mano».

Jonatán miró y vio que su mano estaba negra. Estaba cubierta con el hollín de la rama.

«Jonatán ——le dijo el príncipe——, eres como esa rama tomada del fuego. Estás cubierto de suciedad. Pero la suciedad no solo está en tus ropas. Está en tu corazón. El pecado, las cosas malas que haces, ensucia tu corazón. Ningún jabón puede limpiarlo».

Luego le dijo: «Jonatán, yo puedo ayudarte. Ve al castillo la próxima semana y prepárate para predicar tu sermón. Vístete con tus ropas sucias. Yo me encargaré de ellas».

Jonatán se sintió triste y temeroso. «Pero gran príncipe ——le dijo——, el rey dijo que no podría pararme frente a él con mis ropas sucias. Y el malvado mago, Malus, me hará algo cruel si entro en el castillo con ropas sucias».

Una sonrisa cálida cubrió el rostro del gran príncipe. «Sí, Jonatán, conozco muy bien a Malus y su maldad ——le dijo——. También conozco al rey muy bien. Lo que no sabes, Jonatán, es que el rey es mi padre».

Jonatán preguntó: «¿Cómo hará para que mis ropas estén limpias?».

El príncipe respondió: «Te prometo que me encargaré de eso. Yo nunca rompo mis promesas. Siempre hago lo que digo que haré. Ahora ve a casa y prepárate para dar tu sermón. Yo estaré allí y haré lo que prometí».

Cuando llegó el día indicado, Jonatán estaba emocionado, pero también un poco temeroso. Aun llegó a pensar en no ir al castillo. Luego recordó la promesa que el príncipe le había hecho. «Confiaré en la promesa del príncipe. Iré al castillo», se dijo.

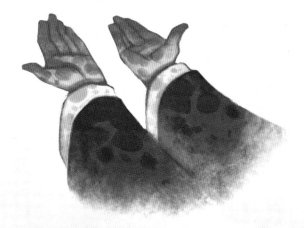

Jonatán salió y se montó a su caballo. Esta vez el día estaba luminoso y soleado. No había nubes de tormenta en el cielo. Jonatán no tuvo ningún problema en llegar al castillo.

Cuando llegó, pudo ver a una multitud entrando. Jonatán tragó saliva y entró al lugar donde tenía que pararse y predicar.

Pero tan pronto como Jonatán tomó su lugar, Malus se levantó y gritó: «¡Que cosas malas te acontezcan, oh sacerdote! ¡Todavía estás vistiendo tus ropas sucias!».

El rey miró a Jonatán y frunció el ceño. «¿Por qué estás aquí otra vez con las ropas sucias?» ——le preguntó el rey——. Te dije que no podías pararte frente a mí con ese aspecto».

Jonatán se sintió avergonzado. Su cara se puso roja. No pudo siquiera responder al rey. El pueblo empezó a susurrar. Algunos gritaban: «¡Vete!».

En ese momento, alguien entró al salón. Era un hombre vestido con una túnica marrón áspera, idéntica a la túnica que Jonatán tenía puesta bajo sus ropas especiales. El hombre llevaba un presente bajo el brazo.

Al principio, nadie reconoció al extraño. Luego alguien gritó: «¡Es el gran príncipe!»

Malus no sabía qué pensar. Preguntó: «¿Qué significa todo esto? ¿Por qué estás aquí y por qué estás vistiendo esa túnica barata?».

El príncipe no respondió. Estaba sonriendo mientras caminaba hacia el frente del salón y luego se paró al lado de Jonatán. Luego el príncipe le dio a Jonatán el regalo y le dijo que lo abriera.

Todos miraban a Jonatán mientras él abría con sumo cuidado el regalo que el príncipe le había dado. Los ojos de Jonatán se abrieron por completo cuando vio lo que era. Era el regalo perfecto. Dentro estaban las hermosas ropas que pertenecían al príncipe.

El príncipe sonrió una vez más a Jonatán y le dijo: «Esas son las ropas limpias que te prometí. Son para ti para siempre. Nunca se gastarán. No hay una sola mancha de polvo y nada podrá ensuciarlas. Son perfectas para ti».

Luego el príncipe le dijo a Jonatán: «Sácate las ropas sucias y dámelas».
Jonatán se sacó sus ropas sucias y se las dio al príncipe, y el príncipe se las
puso. Luego el príncipe le dijo: «Ponte mis ropas y predica tu sermón». Las
manos de Jonatán temblaban mientras se ponía las hermosas ropas del
príncipe.

Cuando Jonatán estaba vestido, el príncipe le dijo al rey: «Padre, ¿puede
ahora Jonatán estar delante de tu presencia? Él es uno de los míos».

El rey estaba satisfecho. Le dijo al príncipe: «Sí, mi hijo. Mientras él vista tus ropas, él puede estar delante de mí».

Jonatán estaba lleno de gozo. «¿Cómo podré agradecerle por haber sido tan bueno conmigo?», le preguntó al príncipe. El príncipe le dijo: «Si estás realmente agradecido, y si quieres demostrarme que me amas, entonces guarda los mandamientos que te he dado».

«Oh, eso haré ——dijo Jonatán——. Quiero ser lo suficientemente bueno para vestir tus ropas».

«Pero no puedes ser suficientemente bueno, Jonatán. Debes vivir toda tu vida confiando en mi bondad mientras vistes mis ropas».

En ese día, Jonatán predicó el mejor de sus sermones. Y pasó el resto de su vida predicando acerca del gran príncipe. Él vistió el regalo perfecto del príncipe hasta el día en que murió.

El abuelo se volteó hacia Carmen y Camilo y les dijo: «Ese es el fin de mi historia. ¿Les gustó?».

«Oh, sí ——respondieron los niños——. Si pudiéramos encontrar al Gran Príncipe, ¿crees que Él también nos daría ropas limpias?».

«Sí ——respondió el abuelo——. Él le da ropas limpias a todo el que cree en Él. Pero no serán ropas como las que arruinaron hoy. El Gran Príncipe da ropas nuevas para nuestros corazones».

«La suciedad que tenemos en nuestras ropas puede algunas veces limpiarse. Pero tenemos un problema más grande. Cuando pecamos y hacemos algo malo, nuestros corazones se ensucian tanto que no podemos estar delante de Dios. Para poder ser amigos de Dios, necesitamos que nuestros corazones sean limpiados de la suciedad. Eso es lo que Jesús hace por nosotros. Él nos perdona al tomar la suciedad de nuestros corazones y ponérsela sobre sí mismo, así como el Gran Príncipe tomó las ropas sucias de Jonatán y se las puso.

«Entonces cuando Dios nos mira, no ve la suciedad en nuestros corazones. En cambio, Él ve un corazón cubierto por las ropas limpias de Su Hijo. Si confías en Jesús y crees en Su Palabra, tu corazón estará limpio. Jesús te perdonará cuando peques. Pero tienes que pedirle que te perdone. Luego Él limpia tu corazón, y puedes estar delante de Dios para siempre».

«Lamento que tengamos barro en nuestras ropas. Pero estoy contento de que hayamos oído la historia del gran príncipe», le dijo Carmen.

Su madre le dio un abrazo y le dijo: «Sí, esa es una historia que todos necesitamos oír y recordar».

PARA LOS PADRES

Esperamos que tú y tus hijos hayan disfrutado la lectura de *El sacerdote de los ropajes sucios*. Las siguientes preguntas y pasajes de la Biblia podrían ser útiles para ti al guiar a tu hijo a un entendimiento más profundo de las verdades escriturales detrás del libro. Algunas de las preguntas y conceptos podrían ser demasiado avanzados para un niño pequeño. Si es así, considera regresar a la historia mientras tu hijo va creciendo en su conocimiento de las cosas de Dios.

¿A QUIÉN REPRESENTA EL REY DE LA HISTORIA?

El rey representa a Dios.

✠ «El Señor es Rey eternamente y para siempre...» [Sal. 10:16a].

✠ «Porque Dios grande es el Señor, y Rey grande sobre todos los dioses» [Sal. 95:3a].

¿A QUIÉN REPRESENTA JONATÁN EL SACERDOTE?

Jonatán representa a un cristiano típico, uno del pueblo de Dios.

✠ «y vosotros seréis para mí un reino de sacerdotes y una nación santa» [Éx. 19:6a].

✠ «Pero vosotros sois linaje escogido, real sacerdocio, nación santa, un pueblo adquirido por posesión de Dios» [1 Ped. 2:9a].

✠ «Y los ha hecho un reino y sacerdotes para nuestro Dios» [Apoc. 5:10a].

¿A QUIÉN REPRESENTA MALUS?

Malus representa a Satanás, el diablo.

✠«Entonces me mostró al sumo sacerdote Josué que estaba delante del ángel del Señor; y Satanás estaba a su derecha para acusarlo» [Zac. 3:1].

✠ «Vuestro adversario, el diablo, anda al acecho como león rugiente, buscando a quien devorar» [1 Ped. 5:8b].

¿A quién representa el gran príncipe?

El Gran Príncipe representa a Jesús, el Hijo de Dios.

✠ «A éste Dios exaltó a su diestra como Príncipe y Salvador, para dar arrepentimiento a Israel, y perdón de pecados» [Hech. 5:31].

✠ «vi a uno semejante al Hijo del Hombre, vestido con una túnica que le llegaba hasta los pies y ceñido por el pecho con un cinto de oro. Su cabeza y sus cabellos eran blancos como la blanca lana, como la nieve; sus ojos eran como llama de fuego; sus pies semejantes al bronce bruñido cuando se le ha hecho refulgir en el horno, y su voz como el ruido de muchas aguas. En su mano derecha tenía siete estrellas, y de su boca salía una aguda espada de dos filos; su rostro era como el sol cuando brilla con toda su fuerza» [Apoc. 1:13-16].

Jonatán se ensució la ropa. Pero el gran príncipe le dijo a Jonatán que él tenía un problema mayor: su corazón estaba sucio. Luego, el abuelo les dijo a los niños que todos nuestros corazones están sucios. ¿Qué es el «barro» y la «suciedad» que tenemos en nuestros corazones?

Nuestros corazones están sucios con pecado.

✠ «el corazón de los hijos de los hombres está lleno de maldad» [Ecl. 9:3b].

✠ «su necio corazón fue entenebrecido» [Rom. 1:21b].

✠ «Limpiad vuestras manos, pecadores; y vosotros de doble ánimo, purificad vuestros corazones» [Sant. 4:8b].

Jonatán no podía presentarse delante del rey con ropas sucias. ¿Podemos aparecer delante del rey, Dios, con corazones sucios y pecaminosos?

No. Dios es demasiado santo para recibir personas pecadoras.

✠ «Muy limpios son tus ojos [Dios] para mirar el mal, y no puedes contemplar la opresión» [Hab. 1:13a].

✠ «El rostro del Señor está contra los que hacen mal» [Sal. 34:16a].

JONATÁN NO PUDO LIMPIAR SUS ROPAS. ¿SOMOS CAPACES DE LIMPIAR DE SUCIEDAD NUESTROS CORAZONES?

No. La Biblia dice que somos inútiles para limpiar nuestros corazones del pecado.

✠ «ya que la mente puesta en la carne es enemiga de Dios, porque no se sujeta a la ley de Dios, pues ni siquiera puede hacerlo, y los que están en la carne no pueden agradar a Dios» [Rom. 8:7-8].

✠ «que estabais muertos en vuestros delitos y pecados, en los cuales anduvisteis en otro tiempo» [Ef. 2:1b-2a]

✠ «separados de mí nada podéis hacer» [Juan 15:5b].

✠ «Porque es imposible que la sangre de toros y de machos cabríos quite los pecados» [Heb. 10:4].

EL OBISPO LE DIJO A JONATÁN QUE ÉL NO PODÍA GANARSE UN CONJUNTO NUEVO DE ROPAS. ¿PODEMOS NOSOTROS GANARNOS «ROPAS» NUEVAS Y LIMPIAS PARA NUESTRO CORAZÓN?

No. No podemos hacer nada para ganar el favor de Dios.

✠ «Todos nosotros somos como el inmundo, y como trapo de inmundicia todas nuestras obras justas» [Isá. 64:6b].

✠ «Y sin fe es imposible agradar a Dios» [Heb. 11:6a].

ERA MUY DIFÍCIL PARA JONATÁN CONFIAR EN EL GRAN PRÍNCIPE E IR DE VUELTA AL PALACIO CON SUS ROPAS SUCIAS. ¿PODEMOS CONFIAR EN QUE EL GRAN PRÍNCIPE, JESÚS, CUMPLIRÁ LAS PROMESAS QUE NOS HA HECHO?

Sí. Nosotros podemos confiar en que Jesús cumplirá Sus promesas.

✠ «Pues tantas como sean las promesas de Dios, en El [Jesús] todas son sí» [2 Cor. 1:20a].

✠ «Si somos infieles, El permanece fiel, pues no puede negarse a sí mismo» [2 Tim. 2:13].

✠ «Mantengamos firme la profesión de nuestra esperanza sin vacilar, porque fiel es el que prometió» [Heb. 10:23].

¿Por qué el gran príncipe intercambió ropas con Jonatán? ¿Jesús intercambia ropas con nosotros?

Debido a su amor por Jonatán, el gran príncipe tomó las ropas sucias de Jonatán y le dio sus propias ropas hermosas y limpias. Eso hizo posible que Jonatán pudiera estar delante del rey. Jesús, nuestro Gran Príncipe, toma nuestro pecado y nos da Su perfecta justicia para que podamos estar con Dios.

✠ «Y Josué estaba vestido de ropas sucias, en pie delante del ángel. Y este habló, y dijo a los que estaban delante de él: Quitadle las ropas sucias. Y a él le dijo: Mira, he quitado de ti tu iniquidad y te vestiré de ropas de gala. Después dijo: Que le pongan un turbante limpio en la cabeza y le vistieron con ropas de gala; y el ángel del SEÑOR estaba allí» [Zac. 3:3-5].

✠ «Ciertamente El llevó nuestras enfermedades, y cargó con nuestros dolores... Mas El fue herido por nuestras transgresiones, molido por nuestras iniquidades. El castigo por nuestra paz, cayó sobre El, y por su herida hemos sido sanados... pero el SEÑOR hizo que cayera sobre El la iniquidad de todos nosotros» [Isa. 53:4-6].

✠ «Al que no conoció pecado, le hizo pecado por nosotros, para que fuéramos hechos justicia de Dios en El» [2 Cor. 5:21].

¿Qué fue lo maravilloso con respecto a las ropas del gran príncipe? ¿De qué manera las que Cristo nos da son semejantes a las ropas del gran príncipe?

El gran príncipe dijo que sus ropas «Nunca se gastarán. No hay una sola mancha de polvo y nada podrá ensuciarlas». La «túnica» de la perfecta justicia que Jesús nos da nunca se desgasta o pierde su perfección.

✠ «estando convencido precisamente de esto: que el que comenzó en vosotros la buena obra, la perfeccionará hasta el día de Cristo Jesús» [Fil. 1:6].

✠ «Porque por una ofrenda El [Jesús] ha hechos perfectos para siempre a los que son santificados» [Heb. 10:14].

✠ «[Los cristianos] sois protegidos por el poder de Dios mediante la fe, para la salvación que está preparada para ser revelada en el último tiempo» [1 Ped. 1:5].

Cuando Jonatán agradeció al gran príncipe, ¿qué le dijo el gran príncipe que hiciera? ¿Qué nos dice Jesús que hagamos para mostrar nuestro amor por él y nuestra gratitud a él?

El gran príncipe le dijo a Jonatán que guardara todos los mandamientos. Eso es lo que le dice Jesús a Su pueblo que haga.

✠ «Si me amáis, guardaréis mis mandamientos» [Juan 14:15].

✠ «Y este es el amor: que andemos conforme a sus mandamientos» [2 Jn. 6].

ACERCA DEL AUTOR

El Dr. R.C. Sproul fue el fundador de Ministerios Ligonier, el pastor fundador de la Saint Andrew's Chapel en Sanford, Florida, el primer presidente del Reformation Bible College y el editor ejecutivo de la revista Tabletalk. Su programa de radio, Renewing your Mind [Renovando tu mente], todavía se transmite diariamente en cientos de estaciones de radio alrededor del mundo y también se puede oír a través de Internet. Ha escrito más de cien libros, incluyendo La santidad de Dios, Escogidos por Dios y Todos somos teólogos. El doctor Sproul ha sido reconocido alrededor del mundo por su defensa elocuente de la inerrancia de las Escrituras y la necesidad del pueblo de Dios de levantarse con convicción por la Palabra de Dios.

ACERCA DEL ILUSTRADOR

Justin Gerard es un ilustrador que vive en el norte de Georgia. Tiene una maestría en bellas artes con mención en artes plásticas. Su pasión por las epopeyas y los cuentos de hadas lo impulsó a realizar una campaña de investigación acerca del Renacimiento y los maestros modernos que ha afinado su técnica, le ha dado poder a su narrativa visual y ha provocado una gran cantidad de obras de arte. Aunque Justin siempre se ha inspirado muchísimo en la naturaleza y la historia humana, su fuente favorita de inspiración es el cuento. Él ha ilustrado varios libros de niños y muchas historias cortas publicadas en textos de lectura para la escuela primaria.